CE LIVRE

APPARTIENT À

....

....

Une histoire campagnarde
pour Ralph et Betsy

ISBN : 2-07-054990-9
Titre original : *The Tale of Jemima Puddle-Duck*
Publié pour la première fois par Frederick Warne, 1908
La présente édition corrigée, avec de nouvelles reproductions des illustrations
de Beatrix Potter, a été publiée pour la première fois par Frederick Warne en 2002.

Loi n° 49-956 du 16 juillet 1949 sur les publications destinées à la jeunesse
Numéro d'édition : 05854
Dépôt légal : mars 2002

Site internet : www.pierrelapin.com.fr

Imprimé en Italie

Sophie
Canétang

Sophie Canétang

BEATRIX POTTER

GALLIMARD JEUNESSE

L'UNIVERS DE PIERRE LAPIN

« Eastwood, Dunkeld
4 septembre 1893

Mon cher Noël,
Je ne sais pas quoi t'écrire, alors je vais te raconter
L'histoire de quatre petits lapins qui s'appelaient
Flopsaut, Trotsaut, Queue-de-Coton et Pierre... »

VOICI COMMENT est né Pierre Lapin, le premier
d'une portée d'une vingtaine de petits livres, faciles
à prendre dans la main. Des générations d'enfants
les ont manipulés, avant même de savoir lire,
pour se les faire raconter. Ils y sont entrés aussi
facilement que le jeune Noël à qui s'adressait
Beatrix Potter.

À cent ans de là, les images gardent toute leur
fraîcheur et une vérité qui tient à une observation
scrupuleuse, une précision de naturaliste. La trans-
parence de l'aquarelle rend sensibles la rondeur
chaude et palpitante des petits ventres des lapins
exposés innocemment, la drôlerie naturelle des
vêtements ajustés. Les intérieurs encombrés et cha-
leureux s'opposent aux vastes espaces sereins –

l'Angleterre des Lacs ; entre les deux, l'univers de l'homme existe parfois, avec ses dangers pour les petits animaux. Le regard profondément attentif de Beatrix Potter restitue l'étonnement et l'émerveillement des découvertes enfantines.

Fidèles à leur nature animale, les personnages de cet univers incarnent les sentiments élémentaires et forts qui rencontrent un écho chez les petits hommes.

Beatrix Potter a aussi travaillé son texte pour qu'il soit toujours simple, naturel et direct. Chaque mot porte sa charge de sensations : sons, odeurs, impression de mouvement donnée tant par le rythme vif du texte que par l'image.

La simplicité de Beatrix Potter n'est ni condescendante ni moralisante. Elle disait : « Je n'invente pas, je copie. J'écris pour mon propre plaisir, jamais sur commande. »

Ses petits animaux affairés et pourtant disponibles vivent dans un monde où l'on se sent toujours invité.

Geneviève Patte
Fondatrice de « La Joie par les livres »

SOPHIE CANÉTANG

Avez-vous déjà vu une poule s'occuper d'une couvée de canetons ? C'est un spectacle assez cocasse.

Mais écoutez plutôt l'histoire de Sophie Canétang : La femme du fermier ne la laissait jamais couver ses propres œufs et Sophie s'en trouvait fort contrariée.

S a belle-sœur Rebecca, quant à elle, était tout à fait d'accord pour que quelqu'un d'autre couve ses œufs à sa place.

« Je n'aurais jamais la patience de rester assise dans un nid pendant vingt-huit jours et toi non plus, Sophie. Tu les laisserais refroidir, tu le sais bien.

– Je veux couver mes œufs, répondait Sophie, et je les couverai toute seule ! »

Elle essayait bien de cacher ses œufs, mais quelqu'un finissait toujours par les trouver et les lui prendre.

Sophie était au désespoir. Aussi décida-t-elle un jour d'établir son nid loin de la ferme.

Et par un bel après-midi de printemps, elle se mit en route, vêtue d'un chapeau et d'un châle, en direction de la colline.

Lorsqu'elle eut atteint le sommet de la colline, elle aperçut au lointain un bois qui semblait pouvoir lui offrir un abri sûr et tranquille.

Sophie n'avait pas l'habitude de voler. Elle descendit la colline en courant et en agitant son châle puis elle s'élança dans les airs.

Le départ avait été difficile, mais une fois qu'elle eut pris de l'altitude, elle vola très bien. Survolant le bois, elle aperçut bientôt une clairière parmi les arbres.

Sophie s'y posa plutôt lourdement et chercha en se dandinant un bon endroit pour installer son nid. Elle vit un peu plus loin une souche d'arbre entourée de digitales qui lui parut idéale.

Mais, à sa grande surprise, un personnage élégamment vêtu était assis sur la souche et lisait un journal.

Ses oreilles étaient noires et pointues et il avait des moustaches rousses.

« Coin, coin ? » dit Sophie en penchant la tête de côté.

L e personnage leva les yeux de son journal et regarda Sophie avec curiosité.

« Vous seriez-vous égarée, Madame ? » demanda-t-il.

Il avait une queue touffue sur laquelle il était assis, car la souche était quelque peu humide.

Sophie le trouva fort aimable et très séduisant. Elle lui expliqua qu'elle ne s'était pas égarée, mais qu'elle essayait de trouver un bon endroit pour installer son nid.

« **A**h vraiment ? Tiens donc », dit l'élégant personnage aux moustaches rousses, en regardant Sophie avec intérêt. Il plia son journal et le rangea dans la poche de son manteau.

Sophie lui raconta ses malheurs, se plaignant de la poule qui couvait ses œufs à sa place.

« Voilà qui est intéressant, dit l'autre, j'aimerais bien rencontrer ce volatile pour lui apprendre à s'occuper de ses affaires. »

« **M**ais en ce qui concerne votre nid, soyez rassurée, dans ma remise, il y a des sacs de plumes et là, je vous promets la tranquillité ; vous pourrez vous installer sans crainte d'être dérangée », ajouta le personnage à la queue touffue.

Il conduisit Sophie vers une maison isolée, d'aspect lugubre, perdue parmi les digitales. La maison était faite de branchages et de terre battue et sur le toit, il y avait deux vieux seaux l'un sur l'autre en guise de cheminée.

« C'est ma résidence d'été, dit l'aimable inconnu, ma tanière – je veux dire ma résidence d'hiver – est moins confortable. »

Il y avait à l'arrière de la maison une resserre délabrée construite avec des caisses à savon. L'élégant personnage ouvrit la porte et invita Sophie à entrer.

La resserre était remplie de plumes. C'en était presque étouffant.

Sophie s'étonna de voir une telle quantité de plumes. Mais l'endroit était très douillet et elle put sans difficulté y aménager son nid.

Quand elle ressortit, le personnage aux moustaches rousses était assis sur une grosse bûche et lisait son journal. Ou plutôt, il faisait semblant de lire, car, en fait, il observait Sophie.

Il sembla désolé que Sophie dût rentrer chez elle pour la nuit, mais il lui promit de prendre bien soin de son nid jusqu'à son retour le lendemain. Il ajouta qu'il aimait beaucoup les œufs et les canetons, et qu'il serait très fier que sa resserre abrite toute une couvée.

Par la suite, Sophie revint chaque après-midi dans son nid où elle pondit plusieurs œufs, neuf exactement. Ils étaient très gros et leur couleur tirait sur le vert. Le rusé maître des lieux les contemplait avec la plus grande admiration et, quand Sophie n'était pas là, il les retournait et les comptait.

Un jour, Sophie lui annonça qu'elle commencerait à couver dès le lendemain.

« J'apporterai un sac de graines, dit-elle, ainsi, je pourrai rester au nid jusqu'à ce que les œufs soient éclos. Autrement, ils risqueraient de prendre froid. »

« Chère Madame, lui dit son hôte, ne vous encombrez pas d'un sac, je vous donnerai de l'avoine. Mais avant que vous ne commenciez à couver, je souhaiterais vous inviter à dîner. Puis-je vous demander de m'apporter quelques herbes de la ferme pour préparer une omelette ? Il me faudrait de la sauge, du thym, de la menthe, deux oignons et du persil. Je me procurerai du lard pour la farce – je veux dire pour l'omelette. »

Sophie était naïve. Ni la sauge ni les oignons n'éveillèrent ses soupçons. Et elle alla cueillir dans le jardin de la ferme toutes les herbes que son hôte lui avait demandées et dont on se sert généralement pour rôtir les canards.

Puis elle se rendit dans la cuisine pour y prendre deux oignons. En sortant, elle rencontra Kep, le chien de la ferme. « Que fais-tu avec ces oignons et pourquoi quittes-tu la ferme tous les après-midi ? » lui demanda-t-il.

Sophie avait toujours eu un peu peur du chien et elle préféra lui raconter son histoire sans chercher à lui mentir.

Le chien l'écouta, la tête penchée, et il fit une grimace lorsqu'elle lui décrivit le personnage aux moustaches rousses qui se montrait si poli.

Le chien lui demanda où se trouvaient le bois et la maison de son hôte. Puis il se rendit au village pour y chercher deux de ses amis chiens qui se promenaient avec le boucher.

Il faisait grand soleil lorsque Sophie, chargée de ses herbes et de ses oignons, monta au sommet de la colline pour la dernière fois.

Elle survola le bois et se posa devant la maison de son hôte à la queue touffue.

Il était assis sur un tronc d'arbre, flairant le vent et jetant des regards inquiets autour de lui. Lorsqu'il aperçut Sophie, il se précipita vers elle.

« Venez me rejoindre à la maison dès que vous aurez été voir vos œufs. Donnez-moi les herbes pour l'omelette. Dépêchez-vous ! »

Il avait dit cela d'un ton brutal ; Sophie ne l'avait jamais entendu parler ainsi.

Elle en fut étonnée et se sentit soudain mal à l'aise.

Tandis qu'elle était dans son nid, elle entendit des bruits de pas derrière la resserre. Elle vit un nez tout noir qui reniflait sous la porte, puis quelqu'un la ferma à clé.

Sophie devint très inquiète.

Un instant plus tard, elle entendit un terrible vacarme : des aboiements, des grognements, des hurlements, des gémissements. Et plus personne ne revit jamais le renard aux moustaches rousses.

B ientôt, Kep, le chien de la ferme, ouvrit la porte de la resserre et délivra Sophie.

Mais malheureusement, les deux autres chiens se précipitèrent à l'intérieur et gobèrent ses œufs avant que Sophie ait pu les arrêter.

Kep avait été mordu à l'oreille et les deux autres chiens boitaient.

Tous trois ramenèrent à la ferme Sophie qui pleurait la perte de ses œufs.

Elle en pondit d'autres au mois de juin et on l'autorisa à les couver. Mais quatre seulement purent éclore.

Sophie expliqua que c'était à cause de sa nervosité mais en fait, elle n'avait jamais été très douée pour rester assise.